ENFER
58

JEAN RICHEPIN

LA

CHANSON DES GUEUX

PIÈCES SUPPRIMÉES

BRUXELLES

CHEZ HENRY KISTEMAECKERS, ÉDITEUR

25, RUE ROYALE, 25

1881

LA CHANSON DES GUEUX

———

Il a été tiré 5 japon, 10 chine, 10 Whatman, 30 hollande.

———

JEAN RICHEPIN

LA

CHANSON DES GUEUX

PIÈCES SUPPRIMÉES

BRUXELLES

CHEZ HENRY KISTEMAECKERS, ÉDITEUR

25, RUE ROYALE 25

1881

AVERTISSEMENT

Dans *le* Simple Avis *qui précède l'édition définitive de* la Chanson des Gueux, *je disais naguère :*

« Les pièces supprimées sont bien et dûment
« supprimées. A moins que la librairie belge ne
« s'en mêle, on en doit faire son deuil. »

Eh bien! l'on n'en fera pas son deuil, car la librairie belge s'en est mêlée.

Ces pièces, que la main pudibonde et cruelle de la Justice avait mutilées ou arrachées du volume, ces galeuses, ces pelées, ces proscrites, on est venu me demander de les recueillir, de recoudre leurs plaies, et de les emmaillotter en une plaquette comme des enfants perdus qu'on ramasse et réchauffe en un bout de lange.

J'ai accepté sans le moindre scrupule et avec joie.

D'abord, parce que ces pièces, je ne les ai, moi, jamais condamnées, ayant, au contraire, protesté de toutes mes forces contre l'arrêt qui les déclare coupables.

Ensuite, fussent-elles coupables, je ne me croirais pas en droit de les renier. J'estime qu'il faut reconnaître tous les enfants qu'on fait.

Et voilà pourquoi, au risque d'encourir encore les reproches imbéciles de quelques Tartufes de mœurs, je signe l'acte de naissance de ces poëmes, et me proclame leur père, crânement et le front haut.

JEAN RICHEPIN.

Paris, 7 juin 1881.

PIÈCES SUPPRIMÉES

IDYLLE DE PAUVRES

L'hiver vient de tousser son dernier coup de rhume,
Et fuit, emmitouflé dans sa ouate de brume.
On ne reverra plus, avant qu'il soit longtemps,
Sur la vitre, allumée en prismes éclatants,
Fleurir la fleur du givre aux étoiles d'aiguilles.
Voici qu'un frisson monte à la gorge des filles !
C'est le printemps. Salut, bois verts, oiseaux chanteurs,
Ciel délicat ! La brise, où flottent des senteurs,
Apporte on ne sait d'où les amoureuses fièvres.
Et des baisers, errants dans l'air, cherchent des lèvres
Mais le dur paysan retourne à ses travaux.
Pour lui, qu'importe avril et ses désirs nouveaux !
Ce qu'il sait seulement, c'est qu'il faut quitter l'âtre,
Qu'il faut recommencer la lutte opiniâtre
Contre la terre en rut, buveuse de sueurs.
Et le chant des oiseaux, l'aube aux fraiches lueurs,
Les papillons, l'azur, lui disent: — Prends ta blouse
Et travaille. La terre est ta femme jalouse
Et veut que tu sois tout à elle, et tout le jour.

Féconde-la, vilain, sans penser à l'amour.
— Et le dur paysan baise la terre grise
Sans humer les senteurs qui flottent dans la brise,
Sans ouvrir sa poitrine aux souffles embrasés.

Où vous poserez-vous, vols errants de baisers,
Essaim tourbillonnant des amoureuses fièvres ?

Heureusement pour vous que les gueux ont des lèvres !

Ils sont là tous les deux, la fille et le garçon,
Sous la feuillée, ainsi qu'alouette et pinson.
Ils écoutent le vent qui caresse la plaine.
Deux enfants ! Car l'aînée a dix-sept ans à peine.
Mais on voit qu'elle sait le mystère d'amour.
Depuis quand, et par qui ? Depuis longtemps. Un jour,
Lorsqu'elle était encor toute petite fille,
Sa jeunesse tenta les désirs d'un vieux drille,
Compagnon de misère, et qui ne craignit pas
De faire un mauvais crime après un bon repas.
Depuis, elle a servi, sans remords, sans tristesse,
Aux plaisirs de plus d'un vagabond. On la laisse
Quand c'est fini. Cela se fait tout simplement.
Mais son cœur ne sait pas ce que c'est qu'un amant.
Or, voici qu'aujourd'hui son cœur est plein de choses
Qu'elle ignorait. Un doux voile de lueurs roses
Couvre son front tanné par le vent des chemins.
De longs chatouillements inquiètent ses mains.
Il lui semble qu'un souffle a monté sous sa robe.
La terre a des aspects de lit, et se dérobe

Sous elle, et lentement, comme par un toucher
Langoureux et lascif, l'invite à se coucher.

— Mon petit Jean, viens donc! Asseyons-nous ensemble.
Et l'enfant de quinze ans s'assied près d'elle, et tremble.
Il ne sait rien. Ce n'est qu'un pauvre mendiant
Qu'elle a trouvé, voici trois jours, seul et priant
Près de la porte d'une église de village.
Le besoin d'être deux au lieu d'être seul, l'âge,
Le pain partagé, puis sans doute le parfum
D'avril, ont mis ces deux misères en commun.
Elle est bonne pour lui comme ne fut personne.
Aussi l'aime-t-il bien. D'où vient donc qu'il frissonne
En s'asseyant près d'elle, et pourquoi dans ses yeux
Cet air d'effarement et ce trouble anxieux ?
Ah ! c'est qu'il sent aussi bouillonner dans ses veines
Le flot avant-coureur des ivresses prochaines,
Et qu'au fleuve inconnu qui monte à son cerveau
Il chancelle comme un qui boit du vin nouveau.
Et la fille se tord entre ses bras, pâmée,
Et lui souffle à l'oreille une haleine enflammée
Pleine de mots obscurs et de secrets ouverts.
Il halète. Sa main, sur les seins découverts,
Ignorante, se pose et tressaille. Une bouche
Est sous la sienne. Un feu mystérieux le touche.
Il est enveloppé d'une étreinte de fer.
Et tout son cœur se fond dans un subil éclair.

O gueux, enivrez-vous de l'amour printanière !
Allez, sous le buisson qui vous sert de tanière,

Personne ne vous voit que le bois et le ciel.
L'abeille, qui bourdonne en butinant son miel,
Ne racontera pas les choses que vous faites.
Le papillon, joyeux de voir les champs en fêtes,
Vole sans bruit parmi la plaine aux cent couleurs,
Et pour vous imiter conte fleurette aux fleurs.
Seul, un oiseau, perché sur la plus haute feuille,
Entend les mots qu'on dit et les baisers qu'on cueille,
Et semble se moquer de vous, le polisson !
Mais tout ce qu'il raconte en l'air n'est que chanson.
Aimez-vous ! Savourez, loin du monde et des hommes,
Ce qu'on a de meilleur sur la terre où nous sommes !
Pâmez-vous dans les bras l'un de l'autre sans fin !
Abreuvez votre soif d'aimer ! A votre faim
Repaissez-vous longtemps de caresses trop brèves !
Vivez cette minute ainsi qu'on vit en rêves !
Dans le débordement de ce fleuve vermeil
Noyez les jours sans pain, et les nuits sans sommeil,
Et tout ce qui vous reste à vivre dans la dure !
O gueux, soyez heureux ! L'amour vous transfigure.
Malgré vos pauvretés, vous êtes riches, beaux.
De l'amour éternel vous portez les flambeaux.
Oui, l'amour qui fait battre à l'instant votre artère,
C'est celui qui féconde autour de vous la terre,
C'est celui dont la brise apporte les senteurs,
C'est celui des bois verts et des oiseaux chanteurs,
Celui qui fait gonfler les seins comme des voiles,
Celui qui dans les cieux fait rouler les étoiles,
C'est l'amour éternel que tout veut apaiser
Et par qui l'univers n'est qu'un vaste baiser.

FILS DE FILLE

Je suis le fils d'une gueuse
Qui, dans ses désirs fougueuse,
Comptait ses maris par cents ;
Si bien que les médisants
M'appellent nœud de vipères,
Enfant de trente-six pères
Sans compter tous les passants.

Je n'ai pas connu la garce
Qui m'a joué cette farce
De me cacher mon papa.
Lorsque la mort l'attrapa,
Elle ferma sa paupière
En dansant de la croupière
Sans dire *meâ culpâ*.

Moi, depuis, je cours les villes,
Tout plein de façons civiles,
Cherchant mon père avec soin.

J'ai fouillé partout, bien loin,
Et, ma foi, je désespère
De jamais trouver ce père,
Une aiguille dans du foin!

En attendant, il faut vivre,
Et payer quand on est ivre.
Donc je vole. C'est charmant!
Et c'est bien mon droit, vraiment.
Car si je vole à la ronde,
C'est ce monsieur Tout-le-monde,
L'ancien mari de maman.

VOYOU

J'ai dix ans. Quoi ! ça vous épate ?
Ben ! c'est comm' ça, na ! j' suis voyou,
Et dans mon Paris j'carapate
Comme un asticot dan' un mou.

Sous l'bord noir et gras d'ma casquettte,
Avec mes doigts aux ongue' en deuil,
J'sais rien m' coller eun' roufflaquette
Tout l'long d' la temp', là, jusqu'à l'œil.

J' peux m' parler tout ba' à l'oreille
Sans qu' personne entend' rien du tout.
Quand j' rigol', ma gueule est pareille
A cell' d'un four ou d'un égout.

Mes jamb's sont fait's comm' des trombones.
Oui, mais j' sais tirer — gar'là d'ssous ! —
La savate, avec mes guibonnes
Comm' cell's d'un canard eud' quinz' sous.

J'ai l' piton camard en trompette.
Aussi, soyez pa' étonnés
Si j'ai rien qu' du vent dans la tête :
C'est pac'que j'ai pas d' poils dans l' nez.

Près des théâtres, dans les gares,
Entre les arpions des sergots
C'est moi que j' cueill' les bouts d' cigares,
Les culots d'pipe et les mégots.

Ben, moi, c' t' existence-là m'assomme !
J' voudrais posséder un chapeau.
L'est vraiment temps d' dev'nir un homme.
J'en ai plein l' dos d'être un crapaud.

Les pant's doiv'nt me prend' pour un pître,
Quand, avec les zigs, sur eul' zinc,
J'ai pas d' brais' pour me fend' d'un litre,
Pas mêm' d'un mêlé-cass' à cinq.

Mais crottas ! si j' suis pas d' la haute,
Quoi qu'en jaspin'nt les médisants,
Faut pas dir' qu' ça soye d' ma faute :
— Ma sœur a pa' encor dix ans.

FRÈRE, IL FAUT VIVRE !

A MAURICE BOUCHOR

J'ai pleuré, j'ai souffert d'un long amour déçu,
Et je me suis repu de larmes et de fièvres.
Cela ne nourrit pas, je m'en suis aperçu.
Frère, bois à plein verre et baise à pleines lèvres.

Mange aussi ! Manger, boire et baiser, tout est là.
Le corps bien satisfait, fait la chair bien vivante.
Santé du corps, cresson de l'esprit ! Et voilà
Pourquoi je suis un porc et pourquoi je m'en vante.

Oui, je pleurais hier et j'en voulais mourir.
Frère, étais-je assez bête ! Ah ! j'aime mieux être ivre !
Et tout de suite ! Mieux vaut tenir que courir.
Verse moi du vieux vin, beaucoup. Frère, il faut vivre!

Verse ! J'ai le gosier meurtri par les sanglots.
J'ai la luette sèche et j'ai la langue rèche.
Verse ! verse du vin ! Encore ! Et que ses flots
Au ruisseau de mon cou chantent leur chanson fraîche.

Et fais-nous apporter des viandes, du jambon
Rose comme une joue en fleur de miss anglaise,
Et du roastbeef saignant. Frère, le sang est bon.
Et déboutonnons nos gilets tout à notre aise !

Le saucisson non plus, frère, n'est pas mauvais.
C'est l'éperon à boire. Ohé ! qu'on nous l'amène !
Nous lutterons avec la ripaille, et je vais
Enterrer son armée au creux de ma bedaine.

Et des femmes ! Où sont les femelles, voyons ?
Non pas de celles-là qu'on aime à perdre l'âme,
Et dont les yeux sont des piéges à papillons
Où le poète va se griller à la flamme ;

Non ! mais bien celles-là dont les luisantes peaux
Se tendent sur des chairs élastiques qu'on touche,
Et dont les larges seins sont un lit de repos
Tranquille où le désir rassasié se couche.

Frère, veux-tu dormir sur ce bon matelas ?
Jusqu'à l'heure où le ciel est bleu comme du soufre

Qui flambe, nous ferons un long somme, étant las.
Nous ne rêverons point, car en rêvant on souffre.

Et demain, au réveil, nous serons frais et gais,
Nous aurons ce beau teint fleuri que l'on révère,
Nous chanterons; et quand nous serons fatigués,
Nous recommencerons à vider notre verre.

Et nous irons ainsi demain, après demain,
Toujours. Si quelqu'un dit que l'on se déshonore
A ce jeu, nous ferons, en nous tenant la main,
Au nez de sa vertu ronfler un rôt sonore.

L'honneur, c'est de bien vivre et d'être très-heureux.
Ventre libre, pieds chauds, cœur vide, et tête froide.
Au diable les prêcheurs rigides! Bran pour eux!
C'est l'affaire d'un mort de se montrer si roide.

Nous, nous sommes vivants, et très vivants, morbleu!
Nous trouvons le vin bon et les femmes bien faites,
Et nous ne voulons pas mettre un crêpe au ciel bleu,
Ni penser qu'il y a des lendemains aux fêtes.

Quels lendémains, d'ailleurs? La mort n'en est pas un.
Ce n'est pas un coucher qui promette une aurore.
C'est le retour d'un peu de rien au tout commun.
Sous un aspect nouveau, c'est de la vie encore.

Mais voilà! quelle vie? Est-ce ma vie à moi?
Non. Quand je serai mort, j'aurai fini ma vie.
Tu ris? tu me crois soûl, n'est-ce pas? Et pourquoi?
Ma phrase à La Palisse aurait pu faire envie,

Soit! Mais ce La Palisse était un incompris.
On a dit un grand mot, en disant qu'un quart d'heure
Avant sa mort... Tu sais le reste ; il a son prix,
Et dit qu'il fait bon vivre avant que l'on ne meure.

Donc, frère, encore un coup, mangeons, buvons, baisons,
Vivons, pleins d'une faim de vivre inassouvie !
Et quand la mort clôra nos mâchoires, faisons
Du hoquet de la mort un salut à la vie !

BALLADE DE JOYEUSE VIE

Qu'au souffle pointu des hivers
Ma pauvre peau se gerce et sèche ;
Que la pluie aux petits doigts verts
Darde sur moi sa fine flèche ;
Que mon pantalon, mèche à mèche,
S'effiloque aux brises d'avril...
Allons, Margot, hop ! et dépêche !
Trinquons du verre et du nombril.

Si je vais un peu de travers ;
Si je braille d'une voix rèche ;
Si des tons riches et divers
Ont peint mon nez comme une pêche ;
Si je sens le bois de Campêche,
Et si mes yeux sont en péril...
Allons, Margot, cela n'empêche !
Trinquons du verre et du nombril.

Les gens sages sont des pervers.
Leur sagesse, vieille revêche,
Dit que nous sommes viande à vers,
Même toi, mignonne si fraîche.
Ils nous font peur avec leur prêche.
Mais au diable! Je suis viril,
Et je veux mourir sur la brêche.
Trinquons du verre et du nombril.

ENVOI

En attendant la Mort qui pêche
Les gens pour les mettre en baril,
Bienheureux est celui qui pêche!
Trinquons du verre et du nombril.

TABLE DES MATIÈRES

2500